Analyse de l'œuvre

Par Vincent Jooris et Pauline Coullet

L'Éducation sentimentale

de Gustave Flaubert

lePetitLittéraire.fr

Rendez-vous sur lepetitlitteraire.fr et découvrez :

Plus de 1200 analyses
Claires et synthétiques
Téléchargeables en 30 secondes
À imprimer chez soi

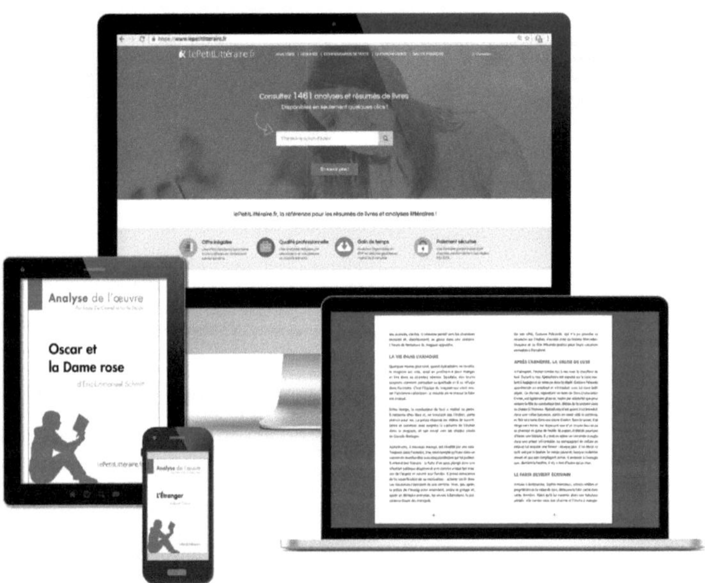

GUSTAVE FLAUBERT

ÉCRIVAIN FRANÇAIS

- **Né en 1821 à Rouen**
- **Décédé en 1880 près de Rouen**
- **Quelques-unes de ses œuvres :**
  - *Madame Bovary* (1857), roman
  - *Salammbô* (1862), roman
  - *Bouvard et Pécuchet* (1881), roman inachevé

Gustave Flaubert est né en 1821 à Rouen. Passionné d'écriture, il découvre très jeune sa vocation littéraire. En 1841, il part à Paris afin d'entamer des études de droit, qu'il délaisse rapidement. L'auteur s'installe alors à Croisset, en bord de Seine, et fréquente les sociétés littéraires de l'époque. Il se lie entre autres avec Charles Baudelaire (poète français, 1821-1867), Ivan Tourgueniev (écrivain russe, 1818-1883), George Sand (femme de lettres française, 1804-1876) et Guy de Maupassant (écrivain français, 1850-1893), pour qui il sera un modèle.

Perfectionniste maladif, il défend une littérature réflexive et rêve d'écrire « un livre sur rien ». Son œuvre, qui se distingue également par la profondeur de l'étude psychologique des personnages, est annonciatrice des nombreuses évolutions que connaitra le roman au XXe siècle. Flaubert meurt en 1880, laissant derrière lui plusieurs romans inachevés et une abondante correspondance.

L'ÉDUCATION SENTIMENTALE

ÉCRIRE LA MÉDIOCRITÉ

- **Genre** : roman
- **Édition de référence** : *L'Éducation sentimentale : histoire d'un jeune homme*, Paris, Librairie Générale Française, 1983, 668 p.
- **1ʳᵉ édition** : 1869
- **Thématiques** : amour, initiation, désillusion, France, révolution, idéalisme, échec

Flaubert rédige ce roman de septembre 1864 à mai 1869. Après avoir longuement réfléchi à un titre possible, il reprend par défaut celui d'un écrit de jeunesse, *L'Éducation sentimentale*, auquel il ajoute un sous-titre : *Histoire d'un jeune homme*.

Lors de sa publication, l'accueil des critiques est glacial ; Barbey d'Aurevilly (écrivain français, 1808-1889) se montre même virulent. Seule George Sand défend le roman. Il faudra attendre des auteurs tels qu'Émile Zola (écrivain français, 1840-1902) ou Marcel Proust (écrivain français, 1871-1922), ainsi que des critiques comme Albert Thibaudet (1874-1936), pour réhabiliter Flaubert dans les lettres françaises.

Partiellement inspirée par des épisodes de la vie privée de Flaubert, cette œuvre dépeint l'incapacité d'un jeune homme à aimer et à se faire une place dans la société.

RÉSUMÉ

PREMIÈRE PARTIE

Chapitres I-II

1840. Frédéric Moreau, un jeune bourgeois, est inscrit à la faculté de droit de Paris. Avant que les cours ne commencent, il se rend chez sa mère à Nogent (Haute-Marne). Durant le trajet en bateau, il rencontre M. Arnoux et sa femme, dont il tombe aussitôt amoureux. Arrivé chez lui, Frédéric retrouve Deslauriers, un ancien camarade de collège perdu de vue depuis deux ans (ce dernier faisait des études à Paris alors que Frédérique était au Havre). Avec enthousiasme, ils imaginent leur avenir. Ils rêvent de travailler ensemble à Paris, de mener une existence de riches bourgeois et de multiplier les maitresses.

Chapitres III-IV

1841. Bachelier à Paris, Frédéric rêve de Mme Arnoux. Sur les conseils de Deslauriers, qui veut l'aider à se faire une place dans le monde, Frédéric essaye d'entrer en contact avec les Dambreuse, dont les terres sont régies par le père Roque, le voisin des Moreau à Nogent. Les Dambreuse sont, en effet, des bourgeois mondains qui connaissent beaucoup de gens d'importance, mais Frédéric n'arrive pas à se faire introduire chez eux. Bien que le jeune homme fréquente deux autres étudiants, Martinon et M. de Cisy (communément appelé Cisy), il s'ennuie. À l'occasion de manifestations étudiantes, Frédéric fait la connaissance de deux jeunes hommes qui deviendront ses amis, Hussonnet et Dussardier. Par l'entremise d'Hussonnet, qui travaille pour le journal *L'Art industriel* dirigé par Jacques Arnoux, Frédéric parvient à rendre visite au couple Arnoux. Il y rencontre le socialiste Regimbart ainsi que le peintre Pellerin et revoit enfin Mme Arnoux.

Chapitre V

1842-1843. Tandis que l'idée de conquérir Mme Arnoux l'obsède, Frédéric est refusé aux examens. Avec Deslauriers, ils croisent Jacques Arnoux en compagnie de la Vatnaz, sans doute l'une de ses maitresses. Frédéric rend souvent visite aux Arnoux : il se rapproche du mari et réussit à passer du temps avec sa femme. S'étant remis au travail, il réussit finalement ses examens. Toutefois, il apprend par sa mère que sa fortune est dilapidée : le jeune homme doit se résigner à retourner vivre en province.

Chapitre VI

1843-1846. À Nogent, Frédéric trouve un emploi et fait la connaissance de la fille du père Roque, Louise, qui semble beaucoup l'aimer. Un héritage providentiel lui assure une rente inespérée. Il délaisse alors Louise, bouleversée, et rejoint Paris.

DEUXIÈME PARTIE

Chapitre I

1845. De retour à Paris, Frédéric cherche vainement Jacques Arnoux. Il apprend qu'il a déménagé et s'est reconverti dans la faïencerie. Revoyant Mme Arnoux après trois années, le jeune homme la trouve changée, notamment du fait de sa

nouvelle maternité : elle est désormais mère d'un petit garçon. Pourtant, son attirance pour elle persiste. Deslauriers
a, quant à lui, abandonné ses études et manifeste des
penchants socialistes. Il projette de fonder un journal mili-
tant. M. Arnoux emmène Frédéric à un bal costumé où il lui
présente l'une de ses maitresses, Rosanette.

Chapitres II-III

1846-1847. Frédéric est reçu chez les Dambreuse. Il est
ébloui par le faste de la demeure et est invité à revenir
régulièrement. Quelques jours plus tard, à l'occasion
d'une soirée organisée chez lui, il apprend par Pellerin les
difficultés financières de Jacques Arnoux. Il en parle alors
à l'épouse de ce dernier : elle lui demande de veiller sur
son mari qui entretient sa maitresse, Rosanette. Frédéric
lui-même ne cache pas son intérêt pour cette lorette (nom
donné aux prostituées à l'époque). Il passe son temps entre
la maison des Arnoux, le logement de Rosanette et le salon
des Dambreuse. Son ami Deslauriers voit d'un mauvais œil
son attirance pour Rosanette. Il lui demande de lui prêter
de l'argent pour fonder son journal : Frédéric lui promet de
le faire.

1847. Frédéric écoute les plaintes de Mme Arnoux à propos de
ses problèmes de couple et n'ose déclarer son amour à celle
qui fait de lui son confident. Le jeune homme reste toutefois
l'ami de Jacques Arnoux. Il tente donc de lui venir en aide
financièrement en lui prêtant l'argent qu'il avait promis au
journal de Deslauriers : Jacques Arnoux ne le remboursera
finalement pas. Ainsi, quand Deslauriers réclame son
argent, Frédéric prétend l'avoir perdu au jeu : l'amitié des

deux hommes se brise. De plus, ayant perdu tout espoir de liaison avec Mme Arnoux, Frédéric jette son dévolu sur Rosanette.

Chapitre IV

Frédéric accompagne Rosanette dans ses activités de demi-mondaine. Sa rivalité avec Cisy, un autre amant de la courtisane, est telle qu'elle débouche sur un duel durant lequel Cisy s'évanouit de peur. Chez les Dambreuse, Frédéric se discrédite par un plaidoyer contre l'ordre établi. Ainsi, alors que les hommes de pouvoir présents récusent les manifestations et les incendies qui ont eu lieu dans la ville, Frédéric les soutient. Le jeune homme, ruiné après l'arnaque d'Arnoux et un mauvais placement d'argent, retourne à Nogent.

Chapitre V

À Nogent, Frédéric voit très souvent Louise Roque. Elle lui avoue finalement qu'elle l'aime et lui demande de l'épouser : il accepte, non sans hésitation. Mais il reçoit alors des lettres (de M. Dambreuse, de Rosanette et de Deslauriers) qui lui donnent l'envie de rejoindre la capitale. Le jeune homme abandonne à nouveau Louise, prétextant des affaires à régler à Paris.

Chapitre VI

Fin 1847. La vie politique est en ébullition : pendant les soi-rées, on discute de l'état de la France, où les libertés et les manifestations sont de plus en plus réprimées. Des connais-sances de Frédéric se font arrêter. Celui-ci, de son côté, fait finalement part de ses sentiments à Mme Arnoux, mais leur relation reste platonique. Le jeune homme lui demande alors une entrevue intime qu'elle accepte. Cependant, elle ne peut se rendre au rendez-vous, car son fils est malade. Lorsque le petit guérit, sa mère se jure de ne pas se livrer à l'adultère. Dès lors, Frédéric devient par dépit l'amant de Rosanette. Pendant ce temps, dans la rue, les manifestations se multiplient : la révolution gronde.

TROISIÈME PARTIE

Chapitre I

En février 1848, la révolution éclate. Un gouvernement provisoire est formé. Alors que des élections législatives sont prévues, M. Dambreuse propose à Frédéric de se présenter dans la circonscription de Nogent. Pourtant, effrayé par les idées antibourgeoises du jeune homme, Dambreuse se présente à sa place et l'évince. Frédéric est ensuite exclu d'un congrès d'opposants politiques de petite envergure. Rosanette lui reproche ses velléités révolutionnaires. Le jeune homme l'emmène alors quelque temps à Fontainebleau et découvre les défauts de sa compagne. Quand ils reviennent à Paris en juin 1848, les réactionnaires ont repris le dessus dans les luttes politiques.

Chapitre II

Lors d'un diner chez les Dambreuse, Frédéric est simultanément confronté, d'une part, à Louise Roque et son père et, d'autre part, aux Arnoux. Louise découvre alors la liaison de Frédéric avec Rosanette. À la fin du diner, tandis que le jeune homme se rend chez Rosanette, Louise l'aborde et lui propose de se marier : il se dérobe. Elle se rend alors en pleine nuit pour le retrouver, mais le concierge lui refuse l'entrée, expliquant que Frédéric n'a pas dormi là depuis plusieurs nuits. Louise est dévastée.

Chapitre III

1849-1850. Frédéric et Rosanette s'installent dans leur routine. Celui-ci semble s'ennuyer d'elle. Il apprend que l'entreprise d'Arnoux a dû fermer et va lui rendre visite. Il tombe sur Mme Arnoux, lui rappelle ses sentiments, et l'embrasse. Or Rosanette, qui l'avait suivi, les surprend. Alors que Frédéric s'énerve contre elle, celle-ci lui apprend qu'elle est enceinte.

Ne parvenant pas à reconquérir Mme Arnoux et lassé de Rosanette, qui est désormais enceinte, Frédéric devient l'amant de Mme Dambreuse dans l'espoir que cette relation serve son ascension sociale.

Chapitre IV

1851. Dambreuse tombe malade et meurt. Devenue veuve, Mme Dambreuse demande Frédéric en mariage. Il accepte, car, même s'il s'est déjà lassé d'elle, il a besoin de son nom pour s'élever socialement. Il poursuit sa relation avec Rosanette, qui vient d'accoucher. Aux deux femmes, il promet un amour éternel. Mais les malheurs s'accumulent pour Rosanette : son nouveau-né est malade et elle est endettée. Elle veut profiter des actions que lui avait léguées un jour Arnoux, mais elles s'avèrent nulle. Elle le traine en justice et gagne : Arnoux est ruiné. Peu de temps après, l'enfant de Rosanette meurt subitement.

Le malheur frappe aussi Frédéric : après la mort de M. Dambreuse, on apprend que sa nièce, Cécile, est en fait sa fille illégitime, et qu'il lui a légué tout ce qu'il avait. L'héritage du banquier échappe donc à Mme Dambreuse et, par là même, à Frédéric.

Chapitre VII

1869. Frédéric et Deslauriers se retrouvent : Louise Roque, que Deslauriers avait épousée, l'a quitté. Ils se réconcilient et constatent n'avoir pas réalisé leurs ambitions de jeunesse. Ils mènent désormais une existence de petits bourgeois solitaires.

ÉTUDE DES PERSONNAGES

FRÉDÉRIC MOREAU

Frédéric est le personnage central. Âgé de 18 ans au début du récit, le roman raconte presque trente ans de sa vie. Le lecteur apprend rapidement que son père a été tué dans un duel et que sa mère nourrit beaucoup d'ambition pour lui. Frédéric est un jeune homme romantique, velléitaire, dépensier et sujet à la procrastination. Ainsi, son destin est conditionné par ses traits de caractère :

- romantique, il ne connaitra qu'un grand amour dans sa vie, Mme Arnoux, malgré les maitresses qu'il aura après elle (dont Rosanette et Mme Dambreuse) :

  > « Il fréquenta le monde, et il eut d'autres amours encore. Mais le souvenir continuel du premier les lui rendait insipides ; et puis la véhémence du désir, la fleur même de la sensation était perdue. » (p. 491)

- versatile, il entame des études de droit qu'il n'achèvera jamais ;
- dépensier, il est un petit bourgeois désœuvré qui vivra de ses rentes. Il précipitera sa ruine. Cette déchéance, qui se joue à la fin de la première partie, est un moment clé. Elle aurait pu constituer l'opportunité pour Frédéric de se fixer un véritable objectif personnel. Or l'héritage soudain qui lui échoit l'encourage à persévérer dans ses travers. Il continuera ainsi de fuir ses responsabilités ;
- procrastinateur, il a de nombreuses ambitions artistiques

(le dessin) et politiques (la République), mais repousse ses projets dès que cela devient compliqué ou qu'il se passionne pour autre chose.

MARIE ARNOUX

Dix ans séparent Marie Arnoux, l'épouse de Jacques Arnoux, de Frédéric. L'histoire commence à ses 28 ans et finit lorsqu'elle en a 57. Elle a deux enfants, une fille et un garçon. Riche bourgeoise au début de son mariage, elle subit ensuite les déboires financiers de son mari. Après avoir habité Paris, elle est locataire à Auteuil, avant de se réfugier en Bretagne. Elle finira le roman en tant que veuve.

Frédéric la croise pour la première fois sur le bateau qui le mène à Nogent, le *Ville-de-Montereau*. Il tombe immédiatement sous son charme. Cependant, leur liaison semble impossible :

- Frédéric idéalise Marie. La plaçant sur un piédestal, il en fait une icône, un être abstrait, trop sublime pour être atteint :

    > « Ce fut comme une apparition : elle était assise, au milieu du banc, toute seule ; ou du moins il ne distingua personne, dans l'éblouissement que lui envoyèrent ses yeux. » (p. 7)

    > « Elle ressemblait aux femmes des livres romantiques. Il n'aurait voulu rien ajouter, rien retrancher à sa personne. L'univers venait tout à coup de s'élargir. Elle était le point lumineux où l'ensemble des choses convergeait. » (p. 11-12)

- L'aura maternelle de Mme Arnoux paralyse le jeune homme, piégé dans une sorte de complexe œdipien envers son ainée. Ce blocage perdure jusqu'à leur ultime entrevue :

> « Cependant, il sentait quelque chose d'inexprimable, une répulsion, et comme l'effroi d'un inceste. Une crainte l'arrêta, celle d'en avoir dégoût plus tard. D'ailleurs, quel embarras ce serait ! – et tout à la fois par prudence et pour ne pas dégrader son idéal, il tourna sur ses talons et se mit à faire une cigarette. » (p. 495)

C'est son rôle de mère qui empêche Mme Arnoux de se rendre au rendez-vous de la rue Tronchet : elle doit veiller sur son fils Eugène, très malade ;

- Marie Arnoux n'aspire qu'au calme, au repos et à une vie paisible. Connaissant parfaitement les infidélités de son mari, elle reste pourtant une épouse fidèle. Et l'amour qu'elle concèdera finalement à Frédéric ne sera qu'une affection nostalgique.

D'après la critique flaubertienne, le personnage de Marie Arnoux serait directement inspiré d'Élisa Schlésinger (1810-1888) que Flaubert, encore étudiant en droit, avait rencontrée en 1836 sur une plage de Trouville. Flaubert, comme Frédéric, a eu un coup de foudre pour cette femme mariée, de plusieurs années son ainée. Son époux, Maurice Schlésinger, un homme d'affaires un peu volage, a surement été le modèle d'Arnoux. Tout comme son personnage, Flaubert a longuement fréquenté les époux à Paris sans jamais vivre d'histoire d'amour avec Élisa.

JACQUES ARNOUX

M. Arnoux, figure du bourgeois parvenu, est le mari infidèle de Mme Arnoux. Homme d'affaire ambitieux, il a eu toutes les carrières : marchand d'art, marchand de faïence, commerçant d'objets religieux, etc. Lorsque Frédéric le rencontre pour la première fois, il semble avoir le monde à ses pieds :

> « Il exposait des théories, narrait des anecdotes, se citait lui-même en exemple, débitant tout cela d'un ton paterne, avec une ingénuité de corruption divertissante. Il était républicain ; il avait voyagé, il connaissait l'intérieur des théâtres, des restaurants, des journaux, et tous les artistes célèbres, qu'il appelait familièrement par leurs prénoms. » (*L'Éducation sentimentale*, Paris, Louis Conard, 1910, p. 10)

Arnoux prend rapidement Frédéric sous son aile et devient une sorte de modèle pour le jeune garçon. Mais sa véritable nature se révèle très vite : Jacques Arnoux se caractérise par sa bonhomie, son optimisme mais aussi par sa légèreté, sa vulgarité et sa conduite cynique. Il trompe régulièrement sa femme avec une courtisane, Rosanette. Quant à ses affaires, il a de nombreux projets, mais il est victime de son incurie et finit par ruiner sa famille. Arnoux ne rembourse même pas la somme qu'il a empruntée à Frédéric. Il quitte Paris à la fin du roman, ruiné, et mourra quelques années plus tard.

ROSANETTE

D'abord maitresse de Jacques Arnoux, cette courtisane devient celle de Frédéric. Ce dernier sait qu'elle a d'autres amants (dont le vicomte de Cisy) : Rosanette n'est pour lui qu'un exutoire qui lui permet d'oublier ses déconvenues avec Mme Arnoux, voire de s'en venger.

Toutefois, la présence de Rosanette se fait de plus en plus insistante dans la vie de Frédéric : elle rêve d'une vie bourgeoise avec lui et met au monde son enfant, qui ne survivra pas. Le couple se maintient quelque temps, puis Frédéric souhaite se désencombrer de celle qui n'est qu'un vain substitut de Mme Arnoux. Pour rompre avec elle, le jeune homme reproche à cette femme jalouse d'avoir ruiné les Arnoux.

DESLAURIERS

Deslauriers et Frédéric Moreau se connaissent depuis le collège. Au début de l'histoire, Deslauriers est, d'une certaine façon, l'alter ego de Frédéric : tous deux nourrissent des rêves de gloire.

Ce personnage désire posséder « un journal où il pourrait s'étaler, se venger, cracher sa bile et ses idées » (p. 353). Pourtant, à cause d'un quiproquo qui contrecarre ce projet, l'amitié entre Deslauriers et Frédéric est brisée. Les deux amis deviennent des adversaires et Deslauriers influence négativement les proches de Frédéric : il conseille ainsi à Rosanette d'intenter un procès à Jacques Arnoux et incite Mme Dambreuse à vendre le mobilier des Arnoux. De surcroit, il épouse Louise Roque, la seule femme qui tenait sincèrement à Frédéric.

Pourtant, Moreau et Deslauriers se retrouvent au terme du roman. Ils constatent alors leurs échecs respectifs : Frédéric est seul et Louise a abandonné Deslauriers, qui n'est plus qu'un petit employé.

LES DAMBREUSE

M. Dambreuse est un banquier doublé d'un parlementaire astucieux et opportuniste. Fasciné par le luxe dans lequel le couple vit, Frédéric entreprend de conquérir Mme Dambreuse, bien qu'il ne soit pas particulièrement attiré par elle : il trouve sa « fraicheur sans éclat, comme celle d'un fruit conservé » (p. 297). La victoire parait facile, mais Frédéric comprend par la suite que Mme Dambreuse s'est laissé séduire par ennui. Lorsqu'elle devient veuve, elle demande Frédéric en mariage. Elle n'obtient pas l'héritage de son mari, qui est légué à sa nièce, en réalité sa fille biologique.

CLÉS DE LECTURE

UN ANTIHÉROS STATIQUE

L'Éducation sentimentale est un roman d'apprentissage ou, plutôt, une parodie. Bien entendu, le voyage de Frédéric est une métaphore de son évolution personnelle mais son mouvement, au lieu d'être ascendant, est plutôt statique, voire descendant. En effet, contrairement aux héros de Victor Hugo (écrivain français, 1802-1885) ou de Stendhal (écrivain français, 1783-1842), Frédéric n'est un pas un personnage volontaire. Il représente une génération nourrie par les idées romantiques : obsédé par Mme Arnoux, l'amour de sa vie, il est incapable de la moindre action. C'est un idéaliste, la tête remplie de rêves. Ainsi, il se voit d'abord écrivain, puis peintre, sans prendre jamais d'initiatives. Il se contente de se laisser porter par les évènements.

Au début du roman, il est jeune, plein d'envie, avec une bonne éducation et une certaine fortune : on lui prédit un avenir radieux. Pourtant, à la fin du roman, loin d'avoir trouvé sa place dans le monde, il est resté mélancolique et oublié du monde extérieur. Sa première apparition suggère déjà ce caractère :

> « Un jeune homme de dix-huit ans, à longs cheveux et qui tenait un album sous son bras, restait auprès du gouvernail, immobile. À travers le brouillard, il contemplait des clochers, des édifices dont il ne savait pas les noms ; puis il embrassa, dans un dernier coup d'œil, l'île Saint Louis, la Cité, Notre-Dame ; et bientôt, Paris disparaissant, il poussa un grand soupir. » (édition Louis Conard, 1910, p. 6)

Sur le bateau, le jeune Frédéric est déjà spectateur de sa propre vie : il regarde le paysage défiler sans que celui-ci laisse une trace dans son esprit (il ne connait pas le nom des édifices qui se dressent devant lui). Il les contemple, s'y intéresse parfois, mais son envie n'est jamais assez forte pour agir. Très rapidement, la vie disparait, comme la ville de Paris disparait sous ses yeux. Il ne lui reste plus qu'à pousser un grand soupir exprimant un léger regret.

Les expériences vécues par Frédéric ne l'on pas aidé à s'améliorer et à parvenir à sa maturité : il est resté statique. En cela, il est le contraire du héros de roman d'apprentissage traditionnel. Il ne possède aucune qualité exceptionnelle : malgré son charme et son romantisme, c'est un antihéros à cause de son inertie et de sa lâcheté.

En cela, Frédéric ressemble beaucoup à une autre antihéroïne de Flaubert, Emma Bovary (*Madame Bovary*, 1856), une jeune femme bercée par ses illusions romantiques, qui réalise avec douleur que son mariage ne correspond pas à ses rêves de petite fille. Cette révélation engendre sa « maladie nerveuse », caractérisée par un mal de vivre, un éternel sentiment de mélancolie et d'insatisfaction. Emma Bovary a donné naissance au nom « bovarysme », utilisé pour évoquer « le comportement d'une femme que l'insatisfaction entraîne à des rêveries ambitieuses ayant un rôle compensatoire. » (« Bovarysme », in *Le Larousse.fr*) Frédéric, lui aussi, souffre de bovarysme car il possède de fortes ambitions romantiques qu'il n'arrive jamais à satisfaire. Il préfère imaginer plutôt qu'agir et, lorsqu'il réalise ses projets, est constamment déçu. C'est donc un antihéros statique, coincé entre ses ambitions et la réalité.

LES ÉCHECS DE FRÉDÉRIC

Cette logique de l'échec domine dans tous les pans de la vie du jeune homme, autant dans sa vie amoureuse, que dans ses convictions ou son comportement. Frédéric tourne en rond dans une impasse et s'enlise.

Un amour muet

Frédéric s'avère incapable de faire part de ses sentiments à Marie Arnoux. Il reporte sans cesse sa déclaration :

> « Depuis le matin, il cherchait l'occasion de se déclarer ; elle était venue. D'ailleurs, le mouvement spontané de Mme Arnoux lui semblait contenir des promesses [...] Mais, quand il fut assis près d'elle, son embarras commença ; le point de départ lui manquait. (*ibid.*, p. 232)

Le jeune homme a beau se promettre d'agir, ses tentatives sont toujours avortées. Ne se sent-il pas à la hauteur ? Ou bien l'idée de l'amour le séduit-elle davantage que sa réalisation même ? En effet, cet état de fait stimule son imagination :

> « Il songeait au bonheur de vivre avec elle, de la tutoyer, de lui passer la main sur les bandeaux longuement, ou de se tenir par terre, à genoux, les deux bras autour de sa taille, à boire son âme dans ses yeux ! Il aurait fallu, pour cela, sub-vertir la destinée ; et, incapable d'action, maudissant Dieu et s'accusant d'être lâche, il tournait dans son désir, comme un prisonnier dans son cachot. » (*ibid.*, p. 81-82)

Sans doute mesure-t-il également les différences qui les séparent et bute-t-il contre les éventuelles désillusions qui succèderaient à leur relation.

Frédéric conjugue ainsi en permanence son amour au conditionnel. Progressivement, cette procrastination engendre les frustrations ravageuses d'une passion inassouvie. Incapable de posséder la seule femme qu'il aime, le jeune homme se tourne alors vers des substituts : Rosanette et Mme Dambreuse, sans oublier Louise Roque.

Enfin, lors de l'ultime rencontre entre Frédéric et celle qu'il a aimée, une mélancolie nostalgique remplace cette procrastination maladive. Entretemps, Frédéric n'aura jamais su vivre son amour au présent. De fait, à l'occasion de leur dernière rencontre, les deux personnages se parlent au futur antérieur : « N'importe, nous nous serons bien aimés. » (*ibid.*, p. 493) Le dernier chapitre nous révèle aussi un autre épisode, antérieur à toute l'intrigue : adolescents, Frédéric et Deslauriers n'avaient pas eu l'audace de pénétrer dans une maison close et s'étaient sauvés. D'une certaine façon, cet acte manqué était prémonitoire.

Incapable d'écrire

Frédéric est un grand lecteur et souhaite écrire, mais il n'arrive pas à dompter son imagination et ne parvient pas à achever ce qu'il compose : *Le roman Sylvio, Le fils du pêcheur* et son essai sur l'*Histoire de la Renaissance*. Il décide également d'acheter tout un attirail de peinture qui ne lui servira pas.

Ignorant en politique

Le jeune homme, qui se disait ambitieux, assiste aux évènements tumultueux de son époque en simple spectateur, comme s'il n'était pas concerné. Il ne profite pas des circonstances pour se manifester et ne saisit pas l'opportunité de briller. Il ne comprend rien aux affaires publiques et les révoltes de 1848 le laissent perplexe : « Frédéric ne comprenait rien à tant de rancune et de sottise. » (*ibid.*, p. 487) Malgré un regain d'intérêt temporaire pour la politique, Frédéric se verra évincer par M. Dambreuse.

Un héros raté

Le duel qui doit avoir lieu entre Frédéric et Cisy serait l'occasion pour le premier de prouver son honneur. Or ce duel s'interrompt de façon ridicule : avant même le combat, Cisy s'évanouit.

UNE GÉNÉRATION DE PERDANTS

Fasciné par la médiocrité, Flaubert ne présente pas seulement un jeune homme sans talent, mais toute une génération de béjaunes, des jeunes hommes sots et inexpérimentés. Ces pâles figures sont autant de miroirs de la sottise de Frédéric :

- Deslauriers, le camarade arriviste qui ne fait qu'imiter les désirs de son alter ego et qui ne connait lui aussi que des échecs ;
- Jacques Arnoux, un homme rustre et jouisseur, dont les faillites jalonnent l'intrigue du début à la fin du roman ;

- Pellerin, artiste raté incapable de créer (il ne parvient pas à dresser le portrait de l'enfant de Rosanette) qui se contente d'imiter les grands artistes, prétendument pour trouver les secrets de l'esthétique, et qui finit photographe ;
- Sénécal, individu doctrinaire qui devient policier pour assouvir son désir de domination ;
- Dussardier, révolutionnaire enthousiaste, tué par son ancien ami Sénécal.

Seul Martinon réussit, puisqu'il épouse la riche nièce de Dambreuse et devient sénateur.

Certains voient dans ces personnages petits-bourgeois les produits d'une société dont ils ne peuvent se détacher même s'ils le voulaient : à cette époque révolutionnaire, les promesses de changement social butent inéluctablement contre le conservatisme de classe. Les personnages mis en scène font ainsi partie d'une génération tiraillée entre idéalisme, frilosité et désillusion. Ce désarroi, décrit par Flaubert, reflète le bouleversement romantique de cette époque : cette génération idéaliste ressent un profond ennui et une grande désillusion face à la politique. L'auteur décrit donc la désillusion romantique, typique de ce milieu du XIXe siècle, avec la même ironie et le même pessimisme qu'il dépeint son personnage principal, antihéros romantique.

L'HISTOIRE À TRAVERS LE PRISME DE LA FICTION

Dans *L'Éducation sentimentale*, il n'y a pas, à proprement

parler, d'histoire de la Révolution de 1848 : aucun véritable récit des manifestations du 23 février, de la mise en place des nouvelles institutions, etc. n'est relaté. Pourtant, si la Révolution, la fondation de la IIe République et le coup d'État du 2 décembre 1851, restent en second plan, ils se glissent tout de même dans la fiction à travers les intrigues sentimentales de Frédéric. Flaubert n'évoque l'Histoire que sous le prisme de la fiction, jamais directement. Nombreux sont les évènements qui sont seulement rapportés au détour d'une conversation :

> « Le lendemain matin, son domestique lui apprit les nouvelles. L'état de siège était décrété, l'Assemblée dissoute, et une partie des représentants du peuple à Mazas. Les affaires publiques le laissèrent indifférent, tant il était préoccupé des siennes. » (édition Louis Conard, 1910, p. 970)

Flaubert évoque en quelques lignes le coup d'État de Napoléon III (1808-1873), rapidement balayé par Frédéric, plus intéressé par ses affaires sentimentales.

Par ailleurs, pendant les journées de juin, évènement capital de la IIe République (la révolte du peuple de Paris pour protester contre la fermeture des ateliers nationaux), Frédéric n'est même pas présent. Il reviendra le lendemain des émeutes, après un séjour à Fontainebleau avec Rosanette, découvrant que son ami Dussardier a été gravement blessé.

Le même traitement est accordé aux personnages historiques. L'un des meilleurs exemples est celui de Lamartine (poète, romancier et homme politique français, 1790-1969), qui a activement participé à la Révolution et a proclamé la

IIᵉ République. Le 24 février 1848, lorsqu'un grand tumulte éclate sur la place de l'Hôtel de Ville, Lamartine prend la parole pour convaincre les citoyens en colère de ne pas adopter le drapeau rouge (symbole de la Révolution). Flaubert, dans son roman, ne relate jamais cet évènement, mais le mentionne au cours de conversations :

> « La chute de la Monarchie avait été si prompte, que, la première stupéfaction passée, il y eut chez les bourgeois comme un étonnement de vivre encore. L'exécution sommaire de quelques voleurs, fusillés sans jugements, parut une chose très juste. On se redit, pendant un mois, la phrase de Lamartine sur le drapeau rouge, "qui n'avait fait que le tour du Champ de Mars, tandis que le drapeau tricolore", etc. » (*ibid.*, p. 685)

> « En revanche, [M. Dambreuse] admirait beaucoup Lamartine, lequel s'était montré "magnifique, ma parole d'honneur, quand, à propos du drapeau rouge..." » (*ibid.*, p. 695)

L'évolution des évènements historiques n'existe qu'à travers les dialogues, et donc des personnages, qui les mentionnent pour définir de quel côté ils se situent politiquement.

En outre, les personnages sont représentatifs de leur époque : selon leur milieu social, ils incarnent une mentalité spécifique. Dussardier, par exemple, est un pur républicain : il est le premier à lancer un « Vive la République ! » (*ibid.*, p. 682). Sa République est universelle et totale, synonyme de justice et de liberté, en opposition aux valeurs monarchiques. Il symbolise la jonction entre la République et le peuple. Arnoux, quant à lui, est un bourgeois parvenu, qui multiplie les carrières pour se faire de l'argent. Dambreuse représente la bourgeoisie d'affaire : très riche, il est l'un « des potdevinistes les plus distingués du dernier règne » (*ibid.*, p. 897). Il change de parti selon ses intérêts :

> « Combien n'avait-il pas fait de courses dans les bureaux, aligné de chiffres, tripoté d'affaires, entendu de rapports ! Que de boniments, de sourires, de courbettes ! Car il avait acclamé Napoléon, les Cosaques, Louis XVIII, 1830, les ouvriers, tous les régimes, chérissant le Pouvoir d'un tel amour, qu'il aurait payé pour se vendre. » (*ibid.*, p. 885)

L'image que renvoie chacun des personnages révèle donc les enjeux de la Révolution de 1848. À travers le prisme de la fiction, Flaubert dépeint l'esprit d'une époque, son atmosphère, afin d'écrire « l'histoire morale des hommes de [s]a génération » (« Lettre à Mlle Leroyer de Chantepie », in *Œuvres complètes de Gustave Flaubert : Correspondance*, vol. 5, Paris, Louis Conard, 1929, p. 157).

UNE ÉCRITURE À L'IMAGE DE SON OBJET

Flaubert reconnait avoir une prédilection pour les personnages passifs. Et sa façon d'écrire leur convient bien :

- **Flaubert est un écrivain qui prend son temps**. Il écrit et décrit la lenteur tant des mouvements que des esprits. Que ce soit intentionnel ou intuitif, l'écriture est à l'image de son objet : le narrateur intervient peu, il ne guide pas le récit. On ne voit personne tirer les ficelles de l'histoire (puisqu'il n'y a pas véritablement d'intrigue). En revanche, tout est montré : les scènes témoignent d'elles-mêmes. Par exemple, lors des émeutes, l'auteur n'évoque pas directement l'évènement mais montre avec précision et dynamisme l'agitation dans les rues :

> « Frédéric s'arrêta forcément à l'entrée de la place. Des groupes en armes l'emplissaient. Des compagnies de la ligne occupaient les rues Saint Thomas et Fromanteau. Une barricade énorme bouchait la rue de Valois. La fumée qui se balançait à sa crête s'entrouvrit, des hommes couraient dessus en faisant de grands gestes, ils disparurent ; puis la fusillade recommença. » (édition Louis Conard, 1910, p. 668)

- **les descriptions foisonnent.** Pour rendre compte de la passivité de Frédéric, Flaubert accorde une grande importance aux descriptions : leur abondance et la multiplicité des détails anodins s'avèrent nécessaires pour appréhender l'immobilisme du jeune homme. En quelque sorte, Flaubert « donne du relief au creux ». La prégnance de ces descriptions explique l'insuccès de l'œuvre au moment de sa parution : le public d'alors ne pouvait admettre que l'action et les personnages n'occupent pas une place capitale dans un roman. En outre, le narrateur n'émet aucun commentaire tandis que les scènes se déroulent. Mais ces descriptions ne sont pas tout à fait objectives ni impersonnelles. En effet, tout au long du roman, le lecteur attentif peut repérer le choix flaubertien d'employer certains mots plutôt que d'autres, indices d'une invitation de l'auteur à ce que le lecteur prenne ses distances et juge par lui-même ce qu'il a sous les yeux : l'ironie peut alors prendre le pas sur les descriptions elles-mêmes. Notons que certains commentateurs de l'œuvre pensent plutôt que ces longues descriptions sont inhérentes au regard du jeune homme. Frédéric, incapable de distinguer l'essentiel de l'accessoire, signalerait tout ce qu'il observe, jusqu'aux faits secondaires ;

- **la syntaxe elle-même donne une impression de langueur.** D'une part, les nombreux adverbes et participes présents annihilent toute action. D'autre part, Flaubert met tout en œuvre pour allonger le rythme des phrases. Celles-ci sont souvent ralenties par des virgules et/ou étirées par des juxtapositions et des coordinations :

> « Puis ses yeux, abandonnant son ouvrage, se portaient sur les écaillures de la muraille, parmi les bibelots de l'étagère, le long des torses où la poussière amassée faisait comme des lambeaux de velours ; et, tel un voyageur perdu au milieu d'un bois et que tous les chemins ramènent à la même place, continuellement, il retrouvait au fond de chaque idée le souvenir de Mme Arnoux. » (*ibid.*, p. 127)

Les raccourcis sont très rares et les transitions temporelles sont toujours précisées (« deux mois après », « cinq mois plus tard »). L'imparfait est privilégié : c'est le temps de la répétition. Il décrit un évènement qui se reproduit souvent, régulièrement, et permet donc de rendre l'effet de routine et d'ennui. C'est le temps du bovarysme, puisqu'il fait durer les choses. Grâce à l'imparfait, la chronologie semble se dilater et demeurer dans l'inaccomplissement. Flaubert n'hésite donc pas à mettre la forme au service du fond pour décrire son antihéros dans toute son immobilité. Frédéric est le personnage statique par excellence : jeune homme ambitieux au début du roman, il finira seul et désabusé à la fin de l'intrigue, et n'aura finalement rien accompli.

PISTES DE RÉFLEXION

QUELQUES QUESTIONS POUR APPROFONDIR SA RÉFLEXION…

- Repérez les allers et retours qu'effectue Frédéric entre Nogent et Paris. Qu'est-ce que ces trajets mettent en évidence ?
- Selon vous, pourquoi Flaubert a-t-il introduit le personnage de Deslauriers ? Quelle est son utilité ?
- Comparez ces deux paires d'amis : Frédéric-Deslauriers et Dussardier-Sénécal.
- En quoi le personnage de Martinon, à priori anodin, s'oppose-t-il à Frédéric Moreau sur tous les plans ?
- Les évènements historiques (émeutes, bouleversements politiques successifs, coup d'État) accompagnent l'intrigue principale – sans jamais l'influencer toutefois. En quoi ces faits de la grande Histoire se font-ils l'écho symbolique de la petite histoire ? Établissez des liens entre des épisodes de l'une et de l'autre.
- Frédéric est-il atteint de bovarysme ? Trouvez des exemples.
- Expliquez en quoi s'opposent les tempéraments des personnages suivants : Frédéric Moreau, Julien Sorel (*Le Rouge et le Noir*, 1830, de Stendhal) et Rastignac (*Le Père Goriot*, 1835, de Balzac, écrivain français, 1799-1850).
- Quelle aurait pu être la vie de Frédéric Moreau s'il n'avait pas bénéficié de l'héritage de son oncle défunt ? Imaginez ses relations avec les autres personnages, son environnement et ses éventuels objectifs personnels. Argumentez votre propos.

- Comparez la vie de Frédéric et la biographie de Flaubert. Y a-t-il des points communs ?
- Renseignez-vous sur *Madame Bovary* ainsi que sur *Bouvard et Pécuchet* (1881). Comparez les personnages principaux de ces romans à Frédéric Moreau. Quel genre d'individus Flaubert aime-t-il mettre en scène ?

Votre avis nous intéresse !
Laissez un commentaire sur le site de votre librairie en ligne
et partagez vos coups de cœur sur les réseaux sociaux !

POUR ALLER PLUS LOIN

ÉDITION DE RÉFÉRENCE

- FLAUBERT G., *L'Éducation sentimentale : histoire d'un jeune homme*, préface de P. Sipriot et commentaires de D. Leuwers, Paris, Librairie Générale Française, 1983.
- FLAUBERT G., *L'Éducation sentimentale*, Paris, Louis Conard, 1910.

ÉTUDES DE RÉFÉRENCE

- COGNY P., *L'Éducation sentimentale de Flaubert. Le monde en creux*, Paris, Larousse, coll. « Université », 1975.
- DARBEAU B., *L'Éducation sentimentale*, Paris, Bréal, coll. « Connaissance d'une œuvre », 2000.
- « Désir et révolution dans *l'Éducation sentimentale* », in TÉTU J.-F., *Littérature*, vol. 15, n° 3, 1973, p. 88-94.
- « Éducation sentimentale (l') », in BEAUMARCHAIS J.-P. et COUTY D. (dir.), *Dictionnaire des Grandes Œuvres de la littérature française*, Paris, Larousse-VUEF, 2001, p. 395-398.
- « Flaubert (Gustave) », in DANTZIG C., *Dictionnaire égoïste de la littérature française*, Paris, Grasset, 2005, p. 361-367.

SUR LEPETITLITTÉRAIRE.FR

- Commentaire portant sur la mort d'Emma dans *Madame Bovary* de Gustave Flaubert.
- Fiche de lecture sur *Bouvard et Pécuchet* de Gustave Flaubert.
- Fiche de lecture sur *Madame Bovary*.

- Fiche de lecture sur *Salammbô* de Gustave Flaubert.
- Fiche de lecture sur *Un cœur simple* de Gustave Flaubert.
- Questionnaire de lecture sur *Madame Bovary*.
- Questionnaire de lecture sur *Salammbô*.

Retrouvez notre offre complète sur lePetitLittéraire.fr

- des fiches de lectures
- des commentaires littéraires
- des questionnaires de lecture
- des résumés

ANOUILH
- Antigone

AUSTEN
- Orgueil et Préjugés

BALZAC
- Eugénie Grandet
- Le Père Goriot
- Illusions perdues

BARJAVEL
- La Nuit des temps

BEAUMARCHAIS
- Le Mariage de Figaro

BECKETT
- En attendant Godot

BRETON
- Nadja

CAMUS
- La Peste
- Les Justes
- L'Étranger

CARRÈRE
- Limonov

CÉLINE
- Voyage au bout de la nuit

CERVANTÈS
- Don Quichotte de la Manche

CHATEAUBRIAND
- Mémoires d'outre-tombe

CHODERLOS DE LACLOS
- Les Liaisons dangereuses

CHRÉTIEN DE TROYES
- Yvain ou le Chevalier au lion

CHRISTIE
- Dix Petits Nègres

CLAUDEL
- La Petite Fille de Monsieur Linh
- Le Rapport de Brodeck

COELHO
- L'Alchimiste

CONAN DOYLE
- Le Chien des Baskerville

DAI SIJIE
- Balzac et la Petite Tailleuse chinoise

DE GAULLE
- Mémoires de guerre III. Le Salut. 1944-1946

DE VIGAN
- No et moi

DICKER
- La Vérité sur l'affaire Harry Quebert

DIDEROT
- Supplément au Voyage de Bougainville

DUMAS
- Les Trois Mousquetaires

ÉNARD
- Parlez-leur de batailles, de rois et d'éléphants

FERRARI
- Le Sermon sur la chute de Rome

FLAUBERT
- Madame Bovary

FRANK
- Journal d'Anne Frank

FRED VARGAS
- Pars vite et reviens tard

GARY
- La Vie devant soi

GAUDÉ
- La Mort du roi Tsongor
- Le Soleil des Scorta

GAUTIER
- La Morte amoureuse
- Le Capitaine Fracasse

GAVALDA
- 35 kilos d'espoir

GIDE
- Les Faux-Monnayeurs

GIONO
- Le Grand Troupeau
- Le Hussard sur le toit

GIRAUDOUX
- La guerre de Troie n'aura pas lieu

GOLDING
- Sa Majesté des Mouches

GRIMBERT
- Un secret

HEMINGWAY
- Le Vieil Homme et la Mer

HESSEL
- Indignez-vous !

HOMÈRE
- L'Odyssée

HUGO
- Le Dernier Jour d'un condamné
- Les Misérables
- Notre-Dame de Paris

HUXLEY
- Le Meilleur des mondes

IONESCO
- Rhinocéros
- La Cantatrice chauve

JARY
- Ubu roi

JENNI
- L'Art français de la guerre

JOFFO
- Un sac de billes

KAFKA
- La Métamorphose

KEROUAC
- Sur la route

KESSEL
- Le Lion

LARSSON
- Millenium I. Les hommes qui n'aimaient pas les femmes

LE CLÉZIO
- Mondo

LEVI
- Si c'est un homme

LEVY
- Et si c'était vrai…

MAALOUF
- Léon l'Africain

MALRAUX
• La Condition
  humaine

MARIVAUX
• La Double
  Inconstance
• Le Jeu de l'amour
  et du hasard

MARTINEZ
• Du domaine
  des murmures

MAUPASSANT
• Boule de suif
• Le Horla
• Une vie

MAURIAC
• Le Nœud
  de vipères

MAURIAC
• Le Sagouin

MÉRIMÉE
• Tamango
• Colomba

MERLE
• La mort est
  mon métier

MOLIÈRE
• Le Misanthrope
• L'Avare
• Le Bourgeois
  gentilhomme

MONTAIGNE
• Essais

MORPURGO
• Le Roi Arthur

MUSSET
• Lorenzaccio

MUSSO
• Que serais-je
  sans toi ?

NOTHOMB
• Stupeur et
  Tremblements

ORWELL
• La Ferme
  des animaux
• 1984

PAGNOL
• La Gloire de
  mon père

PANCOL
• Les Yeux jaunes
  des crocodiles

PASCAL
• Pensées

PENNAC
• Au bonheur
  des ogres

POE
• La Chute de la
  maison Usher

PROUST
• Du côté de
  chez Swann

QUENEAU
• Zazie dans
  le métro

QUIGNARD
• Tous les matins
  du monde

RABELAIS
• Gargantua

RACINE
• Andromaque
• Britannicus
• Phèdre

ROUSSEAU
• Confessions

ROSTAND
• Cyrano de
  Bergerac

ROWLING
• Harry Potter à
  l'école des sor-
  ciers

SAINT-EXUPÉRY
• Le Petit Prince
• Vol de nuit

SARTRE
• Huis clos
• La Nausée
• Les Mouches

SCHLINK
• Le Liseur

SCHMITT
- La Part de l'autre
- Oscar et la Dame rose

SEPULVEDA
- Le Vieux qui lisait des romans d'amour

SHAKESPEARE
- Roméo et Juliette

SIMENON
- Le Chien jaune

STEEMAN
- L'Assassin habite au 21

STEINBECK
- Des souris et des hommes

STENDHAL
- Le Rouge et le Noir

STEVENSON
- L'Île au trésor

SÜSKIND
- Le Parfum

TOLSTOÏ
- Anna Karénine

TOURNIER
- Vendredi ou la Vie sauvage

TOUSSAINT
- Fuir

UHLMAN
- L'Ami retrouvé

VERNE
- Le Tour du monde en 80 jours
- Vingt mille lieues sous les mers
- Voyage au centre de la terre

VIAN
- L'Écume des jours

VOLTAIRE
- Candide

WELLS
- La Guerre des mondes

YOURCENAR
- Mémoires d'Hadrien

ZOLA
- Au bonheur des dames
- L'Assommoir
- Germinal

ZWEIG
- Le Joueur d'échecs

www.lepetitlitteraire.fr

ISBN version numérique : 978-2-8062-9252-0
ISBN version papier : 978-2-8062-9253-7
Dépôt légal : D/2016/12603/952

Avec la collaboration de Pauline Coullet pour l'étude du personnage de Jacques Arnoux ainsi que pour les chapitres « Un antihéros statique » et « L'Histoire à partir du prisme de la fiction ».

Conception numérique : Primento,
le partenaire numérique des éditeurs.

Ce titre a été réalisé avec le soutien de la Fédération Wallonie-Bruxelles, Service général des Lettres et du Livre.